文芸社セレクション

遠い海へ旅に出た私の恋人

後藤 雄高

GOTO Yutaka

文芸社

目次

秒針が見る夢

クォーツ時計の秒針が動いた
角度にして6度　また動いた
秒針は動くまでの一瞬を許されている
角度にして6度動くまでの一瞬……
その静寂に僕は
人生の或いは時間の一瞬というものを感じる
秒針は止まる事を許されている
人生の或いは時間の一瞬という名の静寂にも似たその瞬間を
秒針は止まる……
そしてその時〝ゆめ〟を見る
僕はいつもそんな秒針が見る夢を
感じ表現してゆきたい

夏祭り

少し開けた窓の
閉めたカーテンごしに聞こえてきた
夏祭りの音に
ベッドから体をおこし
そっとカーテン開けて外を見る
ひぐらしの鳴き声よく聞こえ
けっこう涼しい風が吹いている事を知る
まぶしい夕日に目をやられ
カーテン閉めて再びベッドへ
でも、盆おどりの音が聞こえてきて
また外をながめると
お父さんに手を引かれ
浴衣姿の少女と少年

少年の青い帯に目を奪われ
少女が持ったはでな柄のうちわをじっと見る
三人が見えなくなるまで姿を追い
顔にあたる風に身をまかす
目をつぶり、そして目をあけ
煙草を一本吸ったあと
ゆっくり立って部屋を出た
サンダルはいて音なる方へ
顔下向けてみんなと歩く
もう沈んだ夕日の方を
意味なく見て見てただ歩き
僕は夏祭りの会場に足を近づける
そこは以前通いなれた小学校の校庭
たくさんの出店がでていてとても明るい
久しぶりに見る大勢の人々
勢いに圧倒されるが

皆どうやら笑っている
盆おどりのやぐらが中央にそびえ立ち
焼鳥なんかの煙があたりにたちこめ
声が一つになって聞こえてくる
たぶん昔ながらに金魚すくいなんかもあるのだろう
僕は近くの丘の上から
夏祭りをながめている

遠い海へ旅に出た私の恋人

私は海が嫌いだ。

あのこれみよがしに光り輝く太陽、人々の頭を麻痺させて海へと誘いだす。

私も小さい頃は別に海が嫌いではなかった。夏の海の夕暮れ時の何ともいえない物悲しさ。ヒグラシが囁くように鳴いて、遠くで盆躍りの太鼓の音が聞こえる……。男の子や女の子がかわいらしい浴衣姿でお父さんと一緒に夏祭りに出かけて行く。

私もよく、お父さんに連れられて町内会の夏祭りに行った。近所の商店街の八百屋のおじちゃんが、毎年焼き鳥を焼いていて、いつもお父さんはビールを飲みながら焼き鳥を食べていた。弟の音也は、買ったばかりの水風船を割ってしまって泣いていたっけ……。

家族四人で海水浴に行くのも楽しみだった。お母さんがおにぎりとサンドイッチを作ってくれて、お父さんはパンがあまり好きではないから、おにぎりばかり食べていた。その事を夏休みの絵日記に描いたら、お父さんはちょっと照れていた。

あれは、そう小学校五年生の夏だった。海水浴場に出かけて行った時。その日、私は朝から少し体の調子が悪くて、お父さんと音也が波打ち際で遊んでいるのを砂浜でお母さんと一緒に眺めていた。私はその年、学校で水泳の三級を取って、得意になっていたんだ。好きな泳ぎ方で、とにかく三百メートル泳げれば三級で、私はその年の放課後、五年生や六年生と一緒に三級に挑戦していた。私と、同じクラスの加代ちゃんと、もう一人……。そう、その後すぐに転校してしまった中山さんと三人で。私と中山さんが成功して、私と中山さんで慰めたっけ。中山さんはとてもやさしい人で、とても大人っぽかった。中山さん今何しているんだろう……。

そうそう、それで、私はただ見ているのがつまらなくなって、お母さんに止められたのに、浮き輪を持たずにお父さん達の所に行ったんだ。はっきりとは覚えていないけれど、気が付いたら海の中にいて、しかも足は地面に届かない、ただ、あの時に見た光景だけは、今でもはっきり覚えている。たくさんの人達が、手が届きそうで届かない所にいて、何だか不思議とみんなキラキラと輝いて見えた。いくら必死で泳いでも足がつかなくて、誰も私に気付かない。まるで太陽のような笑顔で遊んでいる人達に私はどうしても近づけない。波がやって来るたびにみんなの姿が一瞬見えなくなって、まるでスローモーションみたいな感じで、

「お父さん助けて」と叫ぼうとした瞬間、口の中にあのひどくしょっぱい海水がたくさん流れ込んできて……。それ以来、私は海が嫌いになったのかもしれない。夏も泳ぐ事も光り輝く太陽も……。

私が一年の中で一番好きなのは冬。それもクリスマスが終わって、お正月を迎えるまでの数日間が一番好き。ラジオやテレビから流れる定番のクリスマスソングを一通り聞き終えて、家族みんなで背中を押されるように家の中の大掃除をして、大晦日の夜、テレビを見ながら、

「今年も終わっちゃったねー」なんて話をしながら、夜ふかしして、テレビで除夜の鐘を聞きながら年し越しそばを食べる。

そうそう、あれはいつだっけ。音也がまだ小さな頃だった。クリスマスプレゼントで音也が貰ったラジコンカーの電池が切れて、音也がだだをこねて、何だか理由はわからないけどその日の夕方、私が近くの電気屋さんまで電池を買いに行かなくてはいけなくなって、お父さんも、お母さんもたぶん忙しかったんだと思う。私が寒くないように、お母さんに手袋やらマフラーやらいっぱい、雪ダルマの様に着せられて、たかだか電気屋さんまでの道のり、今でもはっきり覚えている。

少し道路に積もった雪、細かい雪がチラチラと降っていて、妙に静かだった。私は

とにかく電池を買わなくちゃって、そんな思いで歩いていた。ラジコンカーで遊ぶ、音也の姿を想像しながら。でも何だかその時は、電気屋さんがすごく遠くに感じられて、家々の電気が明るく、時折窓から見える家の中の人の影、子供達が楽しそうに走り回っている。もしかしたら、マッチ売りの少女はこんな気持ちだったのかもしれないと思った。

今から二年前、私が高校受験で夜遅くまで勉強していた時、私はミルクだけでロイヤルミルクティーを小さな鍋で焦げないように作っていたら、お母さんが夜遅いのに起きて来て、

「本当に涼子はミルクティーが好きね。そこにシナモン入れるんでしょ。お母さん知ってるんだから」とあきれられるくらい私は毎晩、ロイヤルミルクティーのシナモン入りを作っていた。

不幸は突然やって来る。その年だった。お婆ちゃんが死んだのは。それ以来、お父さんとお父さんの実家は仲が悪くなり、家族で、お婆ちゃんのお墓参りに行く時も、お父さんの実家に行く事は無くなった。そんな時のお父さんは何か寂しげで、そんな風に不幸は突然やって来る。

あの日、私は朝から体の調子が悪かった。良く憶えていないけど、その晩、何だかとても嫌な夢を見たみたいで、目が覚めた時、何か嫌な気分がした。食欲が無くて、朝食を食べる事ができず、お母さんが、

「具合が悪いなら無理しないで学校休みなさい」と言ったのに、何故か私は、

「これぐらい大丈夫、平気平気」なんて、少し無理をして学校に出かけて行った。
一、二時間目は授業に出たけど、三時間目が始まる頃には具合がさらにひどくなって、保健室に行き横になっていた。いつの間にか、少し眠ってしまい、保健室の先生に起こされた時には四時間目は終わっていた。
その日は午前授業だったので、授業が終わると、いつもの三人、奈っちゃんと友美と百合子がやって来て、私達は学校を後にした。

学校を出るとしばらくして、友美が、

「ねえ、ねえ、緑ヶ丘の駅の近くで最近評判のおいしいっていう店を見付たんだけどこれから行ってみない？　そこは、シュークリームがおいしいらしくて店でも食べれるらしいのね。ねえ、どう？」

私達四人は、学校の帰りに甘い物を食べる事がよくあった。四人とも甘い物が好きで、私が新しい店を見付けてはよく三人を誘って食べに行っていた。私は将来ケーキ

屋をやるのが夢で、高校を卒業したら、製菓の専門学校に行って、紅茶の勉強もして、小さくてもいいからおいしいスイーツと紅茶を出す店を開きたいという夢を持っていた。

その日は珍しく、友美からの誘いだったので、奈っちゃんが、

「でも、今日涼ちゃん具合悪いし今度にしない」

という言葉をはねのけるように、

「緑ヶ丘のどこにあるの？　元気出てきた。行こう行こう、いつ見付けたのよ？」なんてはしゃいで、四人で友美が言っていた店へと行った。

私はアイスミルクティーと、シュークリームを注文した後、トイレに行き、戻って来て席に着くともうすでにアイスミルクティーとシュークリームはテーブルに置いてあった。私は友美に、

「うわぁー、凄く美味しそうじゃない。ねえ、どこで見付けたの？　雑誌、ネット？　後で教えてね」と言って、

「ごめんね、待たせて、それじゃ、友美に感謝して、いただきます」私達四人はそろって食べ始めた。私はシュークリームを手で持ち、口一杯にほおばった。

「どう、美味しいでしょ？」と友美が私にそう言った瞬間、私は言葉を失った。そし

て急いでアイスミルクティーを一気に飲んだ。その一瞬の後、私は口一杯に含んだシュークリームとアイスミルクティーを向かいに座っていた友美と百合子の方向に勢いよく吐き出していた……。

店の中に居た人々が一斉に私を見た。その時、私を含めて、店内に居た人の誰もが、一体何が起こったのかわからなかっただろう。私の口の中にさっきまであった物は辛いぐらいにしょっぱい何かだったのだ。私がコップに注いであった水を飲んでいると、奈っちゃんが、

「どうしたの涼ちゃん?」と、戸惑った表情で私に尋ねた。

「しょっぱいの……。すごくしょっぱいの」と私が小さな声で言うと、

「え、何」友美が強い口調で言った。

「しょっぱい? これが? ミルクティーも?」私は黙っているしかなかった。

「ちょっとやだ、ひどくない」百合子が、ウェートレスが持ってきた沢山の布きんを受け取りながら言った。

「ちょっとひどいよこれ、テーブルの上もだけど制服もスマホもぐちゃぐちゃじゃない」と友美。

「ごめん、でも、本当にこれすごくしょっぱいの」百合子は制服を拭いた後、スマホ

を汚物の様に二本指で持ち上げ、私に見せながら、

「どうしてくれんの」友美がさらに、

「しょっぱいわけないじゃない」友美は立ち上がり、布きんをテーブルの上に投げつけた。

「あーあ、ダイナシ、サイテイ」友美は椅子に座ると、奈っちゃんが泣きそうな声で、

「ね、涼ちゃん。とにかく二人に謝って」と言ってくれたのに、私は、

「ごめんなさい。でも……」すると間髪入れずに友美が、

「でも何よ。私が見付けた店のってそんなにまずかった？　だとしてもよ。こんな風に吐く事ないじゃない」

「そうじゃないの、本当にしょっぱかったの」

「何言ってるのこの子。正直、さっぱりワカリマセーン。どうかしちゃったんじゃないの」

「ねえ、みんな、お願いだからそんな喧嘩しないでよ。涼ちゃん体調が悪くって喉に詰まらせたのよね。そうでしょ涼ちゃん？」私は何も言う事ができず、ただテーブルの上を眺めていた。百合子が友美に言った。

「ねえ、これ目立たない？　早く洗わないと落ちなくなっちゃう」友美が、

「ちょっと目立つけどカバンで隠すしかないんじゃない」そして私に向かって、

「私達帰るから、お金払っといて。当然でしょ涼子」

返事をする事も、頷く事も、二人の姿を見る事も私はできなかった。奈っちゃんが、

「うん、わかった」と、小さな声で言ったら二人は、何かブツブツと言いながら店を出て行った。二人が店を出て行くと奈っちゃんが、

「涼ちゃん、私達も帰ろう」と言ってウェイトレスを呼び、

「本当にすみません。だいぶ汚しちゃったんですけどいいですか」ウェイトレスは少し怒ったような口調で、

「後は私達がやりますからいいですよ」私と奈っちゃんは静かに店を後にした。

帰り道、二人はほとんどしゃべらなかった。たぶん、奈っちゃんも何を話したらいいのかわからなかっただろうし、私も同じだった。別れ際、私は奈っちゃんに、

「今日は本当にごめんね。色々迷惑かけちゃって」と言ったら、奈っちゃんは、

「全然気にしなくていいよ」と、笑顔で言ってくれた。

奈っちゃんと別れた私は、家に着く間、さっき起こった事を何とか整理しようとしたけれど、混乱した頭は混乱したままで、ただ、嫌な予感の様なものが頭の片隅で常に私の頭を揺さぶり、私は歩いている事ができず、家まで走った。

家に着くと、私は居間でテレビを見ていたお母さんの「お帰り」の声に返事をする事もなく、台所へ向かった。お母さんは、戸棚をひっかき回している私に、「どうしたの涼子、何かあったの」と、言った。

「ねえお母さん、砂糖ない？」

「涼子、何があったの、言って」私は電子レンジの脇にあったサトウと書いてある袋をわしづかみにすると、走って二階の自分の部屋へ入り、無造作に白い粉を取り出した。粉は舞うようにオレンジ色のカーペットに散らばり、右手に残った白い粉を口の中に放り込んだ。次の瞬間、私は耳元で銃の引き金を引かれたかの様に、頭のテッペンから足の指先まで電気が走るような感覚に襲われた。その白い粉は紛れもなくもの凄く苦いぐらいにしょっぱかったのだ。ビクンと背後に人の気配を感じて、ドアの方を見ると、私のカバンを胸に抱いたお母さんが、今まで見た事がない表情で立っていた。

その日の晩、私は夕食を食べる事もできずに早めにベッドに横になったが、何も考える事もできず、明け方まで眠る事ができなかった。

次の日の朝、目を覚ました私は、昨日の事は悪い夢だったのかもしれないと思ったが、ベッドから出ると、カーペットに白い粉の粒が散らばっているのを見て夢ではなかったのだと思わざるをえなかった。でも、まだ望みはあった。今日は元に戻っているかもしれない。それだけを願い、部屋を出た。

お母さんが作ってくれたフレンチトーストを前に、私はなかなか食べる事ができなかった。お母さんもお父さんも、そして昨日の私の事を知らされたかもしれない中三の音也もいつもと変わる事がなかった。私はフォークを、右手で握った。フォークを持った手がどうしても小刻みに震えて止める事ができず、それをさとられるのが何故か嫌で、思い切ってフレンチトーストを口の中に入れた……。そこには、私と、私が愛する家族の期待を裏切る結果が意地悪く横たわっていた。

その日、お父さんは会社を休み、私とお父さんとお母さんの三人で、家の近所にある内科の個人病院へと行った。お母さんが先生に昨日の事を話すと、先生はしばらく考え込み私達にこう言った。

「正直、私は内科専門の医者でして、もし宜しければ紹介状を書きますので大学病院で診てもらう事をお勧めしますがいかがですか」お父さんが、

「わかりました。是非お願い致します」

私達三人は、待ち合い室で紹介状ができるのを待っていた。その間、三人に会話は無く、待っている時間がとても長く感じられた。やがて私の名前が呼ばれて、お母さ

んが会計を済ませて、私達の所に戻って来る時、お母さんの表情がこわばっていた。お母さんは紹介状を私達二人に見せた。そこには「神経内科」と書いてあった。お父さんは無言で先に出ると、携帯電話でタクシーを呼んでいた。しばらくしてタクシーが来ると三人はタクシーに乗って大学病院へと向かった。

大学病院はとても混んでいた。病院内の地図を受け取り、それを見ながら神経内科に行くと、そこもとても混んでいて、受け付けを済ますと唯一あいていた受け付けの前の長椅子に座った。お父さんは腕を組んで目を閉じていた。お母さんは私に、

「気分はどう」と尋ね、私が、

「大丈夫」と答えるとそれ以上は話さなくなった。病院の中はとても静かで、受け付けの一番左隅に置いてあるオルゴールが静かな音を鳴らしていた。時折、医者の、「○○さん○○号室にお入り下さい」という声がけっこう大きく聞こえた。ここに居る人達は街中に普通に居る人達となんら変わりがなく見えたけど、みんな心になんらかのトラブルを抱えているのだと思うと何だかとても不思議な気がした。ただ表情は一様に沈んで見えて、あまり笑顔が想像できる感じではなかった。

どれくらい待っただろう。やっと私の名前が呼ばれて、私達は診察室に入った。診察室の中は妙に暑く感じられた。お母さんが昨日の事などを先生に説明していると、

想像していたよりも若い眼鏡をかけた男の先生は、頷いたり、時折私の顔を見たりしながらカルテに何やら書いていた。一段落すると少し間があり先生が口を開いた。

「そうですか……。えーそれではまず、涼子さんは今までに、交通事故にあわれたとか、頭を強く打ったとかその様な事は無かったでしょうか？」

「いえ、その様な事はありません」お父さんが答えると、お母さんも、

「私も無かったと思います」と答えた。すると先生は、

「涼子さんは今、高校二年生ですよね。それで卒業後の進路はもう決まってる？」

「はい、卒業後は製菓の専門学校に行くつもりです」私は答えた。

「そうですか。それで御両親は今涼子さんが言われた事をお知りになっていて賛成なさっていますか？」

「ええ、夫婦二人共、知っていますし、賛成もしていて、できるだけ応援してやりたいと思っています」お父さんが答えた。

「そうしますと、進路に関するトラブルは無かった訳ですね？　涼子さん」

「はい」

「涼子さん、学校や友人関係ではどうですか、何か悩んでいる事はありませんか？」

「いえ、特に無いです」

「うーん。まず、お母さんからの説明を聞いたところ、今の所断定はできませんが、味覚障害の可能性は多いにあるでしょう。ただ私が断定できないと言った訳は、私自身、専門分野外の症例であるという事があります。もう一つ、まだ、初めての診療であるという事。私も、医師の立場上、無責任な事はもちろん言えません。今日はまず、体に異常が無いか検査して頂きたいのですが、宜しいでしょうか？」

「わかりました。いいよな涼子？」お父さんが私に尋ねた。

「はい、お願いします」すると先生が、

「確か、病院内に、私よりこういった症例に詳しい医師が居たはずですので、私もその医師に相談しておきますので、まずは検査を受けて下さい」

私はその後、検査を受ける為に、病院内をあっちこっちと歩いた。身長、体重に始まり、血圧、心電図、そしてやたら大量の血をとられ、最後はやたら音がうるさくて、狭い大きなＭＲＩとかいう機械に頭から入れられて、私はとても疲れを感じていた。

検査が終わり、もう一度診察を受ける事になっていたが、検査結果がわかるのに時間がかかるという事で、私達三人は、遅い昼食をとった。といっても私は食欲が無く、決して美味しいとは思えない牛乳を飲んだだけだった。お父さんとお母さんはサンドイッチを食べていた。二人共黙ったまま、特に、パンが苦手なお父さんは、売店にサンドイッチしか無かったので、仕方無く食べているようだった。そんな様子は、家族が外食するという言葉から浮かぶ情景とは正反対なものだった。ただ、唯一救いだったのは、私達が食事をしている中庭で、無邪気に遊ぶ子供達の笑い声と姿だけだった。

　診察室の中はあいかわらず暑かった。私はひどい疲れと、その暑さのせいで、頭の中がボーとしていた。先生はたぶんこんな事を言っていたんだと思う。

「とりあえず、現段階で判った検査結果からは何も異常は見あたりませんでした。ただ、まだ検査結果が判っていないものがあります。先程の診察の際にお話しした、味覚障害に詳しい医師に相談した所、やはりほぼ味覚障害であろうとの見解でした。ただ、味覚障害に関しましては、その原因も含め、判っていない事の方が多々あるとの事で、えー、判っている事というのは、その原因の一番が心因性によるものだと申しておりました。ただですね。その一番の原因である心因性にしましても、パーセンテージ的にはあまり高くないとの事で、要するにですね。原因は様々だという事です。それでですね。とにかく、当たり前の事ですが、人間、食べないと生きていけません。ですので、お母様には食事を工夫して作って頂いて、涼子さんもできるだけ食べるようにして下さい。あ、食事に関してですが、すみません、亜鉛です。亜鉛不足が味覚に異常をきたす原因だという事も申しておりました。亜鉛です。亜鉛でした。あー、亜鉛を多く含む食物リストを先程まで持っていたのですが、すみません。すぐに用意しますので、それから、今日は、軽い睡眠導入剤とこれも軽い精神を安定させる薬を出しておきます。最後に、最初にお話ししました、残りの検査の結果ですが、約一週間程かかりますので、再診窓口の方でご確認して、次回からは予約をとっておこし下さい……」私は診察室でながれていた、ヴィヴァルディ作曲の「四季」の「冬」の第二楽章を聞いていた。

家に着くと、途中で立ち寄ったスーパーで買った食材で、お母さんは早速、台所で料理をし始めた。お父さんはパソコンに向かい、真検な表情で何やら調べ事を始めた。私が自分の部屋に入ると、それをまるで見計らったかの様に携帯が鳴った。奈っちゃんからだった。私は電話に出た。奈っちゃんはとても私の事を心配してくれていた。だけど私は、今日、私が病院に行った事など、詳しい話はできなかった。奈っちゃんは私に、無理はしなくてよいけれど、できれば学校に来て欲しいと、言ってくれた。

夕食の時間、私は食欲はなかったけど、お母さんが作ってくれた食事を前にして、その様な事は言う事はできなかった。沈んだ様子の私に、お父さんもお母さんも色々と、慰めの言葉をかけてくれたけど、私はまともに返事をする事ができずにいた。楽しいはずの食卓が、息苦しい空気に包まれていた。お母さんが、

「明日、学校に行ける？」と聞いたので、私は、

「うん」と返事をした。

「無理しなくてもいいのよ」

「大丈夫、奈っちゃんも学校に来て欲しいって言ってくれてるし、ずっと休む訳にもいかないし」私は無理をして笑顔をつくったけれど、何とも言えない虚しさを感じた。

　夕食後、気分を変えようと、居間でテレビを見ていた音也のそばに座り、毎週かかさず見ていた番組を見始めたけど、今まで楽しかったその番組も、見ていて何故だかすぐにイライラしてきて、私は立ち上がり、自室へと行く事にした。私は窓を開けて、夜空を眺めていた。顔にあたるかすかな風は少し冷たくまるで夏の終わりを告げるかの様なその風が心地良く感じられて、私はしばらくそうしていた。

　次の日の朝、私は目が覚めて、さっきまで見ていた夢を思い起こしていた。夢はとても鮮明で、こうなる前の私が生々しい程生き生きと笑顔で生活している夢だった。台所に行くと、朝食と、お弁当が置いてあった。朝食を食べ、身仕度を終えると、お弁当をカバンに入れ外に出た。外は嫌になる程良い天気だった。

　学校に行き、教室に入ると私を見付けた奈っちゃんがかけ寄って来てくれて笑顔で私を迎えてくれた。友美と百合子は、遠くで何やらひそひそと話をしながら私に気付

いても決して近づいても来なかった。でも、そんな事はむしろどうでもよかった。奈っちゃんが私を元気づけようとしてか、珍しく冗談を言ってくれてもろくに反応もできないそんな自分が嫌だった。

授業が始まっても先生の言葉は、私の耳にほとんど届かなかった。私はただ、クラスメートの後ろ姿をボーと眺めていた。お昼になり、以前は四人で食べていたけれど、その日は奈っちゃんと食堂でお昼を食べた。決しておいしいとは思えないお弁当だったけど、お母さんがせっかく、一生懸命に作ってくれたんだし、何よりも奈っちゃんの前でおいしくなさそうに食べるのは嫌だったから、私はお弁当を全部食べた。

「私も明日からお母さんにお弁当作ってもらおうかな」と、奈っちゃんが言ったのに、私は何て答えていいのかわからなかった。

「ごめんね奈っちゃん。私、ろくに返事する事もできなくて」と私が言うと、奈っちゃんは、

「ううん、いいの。それより早く涼ちゃんに前みたいに元気になってもらいたいから」と笑顔で答えてくれたけれど、私は奈っちゃんとこうして二人でいる事がとても辛く感じ、何だかとても疲れて仕方がなかった。私は、自分が嫌な人間になっていくようで、学校にいるのが苦痛に思えて仕方がなかった。

次の日も、学校には行ったけれど、益々そんな思いが強くなって行った。日を重ねる度にその思いは強くなる一方で、自分だけ、異次元の、得体の知れない生き物になってしまったかの様に思えた。クラスの中を見渡すと、みんな楽しそうに笑顔で……。

何でみんなそんな風に笑顔でいられるの？　みんな同じ制服を着て、同じ様な髪型をして、同じ様に振るまって、同じ様な話題で笑っている。

みんな、自分が見えるものが、他の人にも同じ様に見えて、聞こえるものが同じ様に聞こえて、同じ物を食べれば、同じ味がすると思っているんだ。みんなそれぞれ違う人間なのに、他人の頭の中なんか決してわからないはずなのに。何故、人と違ってはいけないの？　何故みんなそんな事に気付かないの？　何故何もかも簡単に信じてしまうの？

でも、私も少し前までみんなと同じだった。

病院に行っても、私の体に、何の異常も無く、また、前と同じ薬をもらって帰って来た。

私はもらった薬を飲まなくなった。だって私の体に異常が無いのであれば、私の味覚が人と違ったとしても、もしかしたら私の方が正常で、他の人が異常なのかもしれない。ただ、向こうの方が人数が多いだけで、人数が多い方が正常で、少ない方が異常だなんて、それってなんだかおかしいような気がする。私は、両親の説得にも応じず、病院にも、学校にも行かなくなった。

私は家で眠ってばかりいた。不思議なくらい眠る事はできた。眠ればかならずといっていいくらい夢を見た。夢の中はとても楽しかった。私は、むさぼるように眠り、私の生活は眠る為のもの、そんな風になっていた。

そんな生活をしていた私に、お父さんとお母さんは、私のキモチを尋ねる事が毎晩の様にあった。私は自分の今のキモチを言葉で伝えようとしたけれど、ほとんどうまく伝える事ができず、そんな事が度重なるうちに、私はコトバという物は、こんなにも本当の事を伝える事ができない物だという事に気付いた。

ある日の夕方近く、私の部屋を誰かがノックした。お母さんだった。

「ねえ、涼子。教会に行ってみない？」

「教会？」私が呟くと、

「難しく考えないで、それこそ散歩の途中にちょっと寄るぐらいの気持ちで、たまには外の空気も吸わなくゃ。さあさあ仕度して」もはや、そう笑顔で言ってくれるお母さんに対して、「行かない」という言葉を言う事はできなかった。

突然冬はやって来る。久しぶりに外に出ると、寒さに驚いた。家の前の樹木の葉はすっかりと路上に落ち、落ちた葉は寒風によって舞い上がっていた。私が好きな季節なのに、私の目に映る全ての物は、私に微笑んではくれなかった。何だか目に膜が張ったように、全てが空々しく、冷たく、輝く事無くただそこにあるだけだった。

教会は、思っていたよりも近かった。中に入るとすぐに大きな十字架が目に入った。教会の中にはすでに老若男女、多くの人が集まっていた。とても静かで、やがて冊子が配られ、開くとキリストの言葉と賛美歌の歌詞が書いてあった。しばらくすると、十字架の下の壇上に、黒くて長い服に、十字架のペンダントを首から下げた、若い男性数名が上がり、一人が、今日の集いの説明をした後、音楽が流れ始め、皆立ち上がり賛美歌を歌い始めたので、私とお母さんも立ち上がり、後を追うように歌った。五、六曲歌い終えると、若い男性達に変わって、初老の、先程の若い男性達とはまた違うが、ほぼ同じ様な服を着た男の人が壇上に上がり、何やら喋べり始めたが、私はほとんど内容を聞いていなかった。時折、人々が笑ったりしたので、何やら冗談の様な事を言ったのだと思う。話はけっこう長く感じられた。皆が立ち上がったので、私も立ち上がった。

「アーメン」どうやら集いは終わったようだった。集まっている人達は、ほとんどが

顔見知りの様で、そこかしこで談笑する人達が多く、皆、帰る様子が無かったけれど、私がお母さんに、

「ねえ、お母さん帰ろう」と言ったが、お母さんが、

「涼子、ちょっとだけ待ってて」と言ったので、私はお母さんに言われるまましばらくその場に居た。すると、先程、壇上で話をしていた初老の男性が私達二人に近づいて来てこう言った。

「この教会の牧師をしております菅原です。本日はよくおいで下さいました。涼子さんのお話はお聞きしておりますよ」

「え！」と私は思った。

「私の話を知っている……」そう私が頭の中で呟いていると、

「涼子さん、いいですか、神は決して人々に乗り越えられない試練など与えたりしません。どうか神を信じて下さい。宜しければ是非、また来て頂く事を願ってます」

その途端、私の頭の中で何かがはじけ飛んだ。

「ではどうしてこの間親に酷い殺され方をした少女はあんな風になってしまったのですか」私の言葉に牧師は最初何も言う事ができずにいたけど、

「心配いりません。あの子は今天国にいます」

「さっき、牧師さんは神は人に乗り越えられない試練は与えないと言ってましたがウソなのですか」その時、お母さんが、

「涼子、やめなさい」と言って私の腕を強くつかんだ。

「いい加減にしなさい。失礼でしょ」そして、

「いいからあっちへ行ってなさい」初めて見るお母さんの姿だった。私は言われた通り、その場から離れた。離れた所から見えたのは、何度も深々と牧師に頭を下げるお母さんの姿と、満面の笑顔でお母さんに何やら話をしている牧師の姿だった。私はそんな光景を見ているのが非常に辛く、お母さんに申し訳無いと思った。でも、私が言った事は決して間違っていなかったと、同時に思っていた。

その日の夜からだったと思う。お父さんと、お母さんの口論が始まったのは。何を言っているかまでは判らなかったが、時折、お父さんの怒鳴り声が私の部屋にまで届いた。その度に、私は布団をかぶり耳をふさいだ。

そんな日がどれだけ続いただろう。ある日の昼間、家に誰もいなかったので、私は家の中を特に目的も無くぶらついていた。何故か本棚の前で立ち止まり、何気無く本のタイトルを眺めていると、「詩集」の文字が目に飛び込んできた。よく見ると、それは「ヘッセ詩集」と書かれた薄い文庫本だった。何故か気になり、その本一冊を

持って部屋に戻り、パラパラと何となく読みながらページを開いてゆくと、ある一つの言葉が目に飛び込んで来た。「それを知っているか」読み終えた私はこの人は私のキモチを判ってくれている。何故、このヘッセという人は私のキモチを判るのだろう。驚きと嬉しさのあまり、その詩集を全部読んだ。

　その日の晩もお父さんとお母さんは喧嘩をしていた。割とすぐに静かになり、しばらく経った頃、私の部屋を小さくノックする音がした。少し迷った後、そっとドアを開けると、真っ暗な私の部屋のドアの外に、後ろから光を浴びたシルエット姿の音也が立っていて、無言で私に一枚の紙を手渡し、静かにドアを閉めた。私はしばらく経った後、机の卓上ライトを付けて、その無造作にはがされた一枚のノートの紙に書いてある文章を読んだ。

「先ほどお母さんと話し合ってみたら、お姉ちゃんは北海道のお婆ちゃんのところへ行った方が良いと思う。そうしたらお姉ちゃんも考える時間があたえられるだろうし、それにもましてお婆ちゃんがいるからきっと良いアドバイスがもらえると思う。そうしている間にお父さんとお母さんが話し合うこともできるし。これはお姉ちゃんとって苦しい事かもしれないけれど、今、行動を起こさないと、家がバラバラになるかもしれない。事実、お父さんも出ていくと言っているのです。僕はお父さんもお母さんも正しいと思っているからバラバラになってもらいたくない。

行くなら今行かなくちゃ、きっとどちらかが行動を起こすでしょう。僕は今、手元に四千円あるし、お母さんのさいふからお金もとってこれます。
◎お父さんが出て行くという件は事実です。娘のことを理解できないような父親ならいる資格がないと言っているそうです。」

どんよりとくもった日だった。今にも雪が降りそうだった。仙台駅から仙石線に乗って塩釜駅でバスに乗り、家族でよく行った菖蒲田海岸へと向かった。駅員さんに教えて貰ったバス停でバスを降り、しばらく歩くと酒屋さんがあり、自動販売機の灯りが付いていた。近づき、見るとビールが売っていた。お金を入れるとビールが出てきた。ビールを持って更に歩くと堤防があり、そこを越えると海が現われた。砂浜には、一人のおじいさんが犬と散歩しているだけで他には誰もいなかった。おじいさんと犬の姿が見えなくなると、砂浜に座り、持っていたビールを全部飲んだ。すると空からちらちらと雪が降ってきて、私は立ち上がり波打ち際へと歩いていると、私の名前を呼ぶ声が聞こえた気がして振り返ったが誰もいなかった。私は吸い込まれるように海の中へと入って行った。海の中は温かく、冷えきった私の体をやさしくつつんでくれた。私は更に進み、波が私の顔にあたった。口に入った海の水は、甘い紅茶の味がした。私は今、大きな紅茶のカップの中にいる。とても甘い甘い紅茶の中、やがてここはミルクティーになるんだ……。

水曜日の午後

今日は土曜日だと思ったら
水曜日だった
午後になってそれに気がついた
空はどんな色をしているのだろう
僕はこんな空の前で
いったい何をどうすればいいのだろうか
僕はいろいろなものを失い
さまざまなものを見失い
忘れたくないものばかり忘れ
寒風吹きすさぶ中
ただ佇んでいる
枯れ葉舞う公園のまん中で
鏡になった僕は

少女に小さな手で粉々に叩き割られ
砕け散る

ピコちゃんは……、いた。

時計って何だか不思議だ。この道具が、目には見えない時間の経過を表していると思うと、私にはとても恐ろしく思える時がある。私の目の前にある置き時計の秒針は、一秒ごとに止まるのだが、時間は止まることはない。それも何だか不思議に思う一つの理由かもしれない。何かが起きても時計は静かに時を刻むのを続ける。

小学生の時、こんな事があった。朝のホームルームの時間に担任の先生が、

「実は昨日、私が前の学校で教えていた教え子の男の子が亡くなりました。その子はがんにかかっていたのですが、頑張りもむなしく、昨日の夕方、亡くなったのです……。先生も何度も病院へ行きました。悲しいですね。人が亡くなるというのは。その子はみなさんと同い年だったのです。若すぎます。先生はとても残念ですし、とても悲しいです」

と、私達に話し、さらにこう続けた。

「みなさんに是非やってもらいたい事があります。指で手首の脈を触ってみて下さい。脈打っている事がわかると思います。是非やってみて」

先生は私達に、私達一人一人が確かに生きている事、生きている事はけしてあたり前ではない事を伝えたかったのだろう。

「脈の位置がわからない人は先生に言って下さい」

すると、クラスメートのある女の子が、

「先生、脈はわかったのですが、私何だか嫌です」

と言った。

「何が嫌なの？」

先生が尋ねると、

「なぜかわからないけど、触っている事ができません。何か恐いというか、触っていられなくなります……」

こんな時、私はなぜかその事を思い出す。今日は水曜日か、水曜日、あの日も水曜日だった。


ピコが家にきたのは、暖かい春の日だった。私が十歳の時だ。夕方だった。ピコをつれてくると、私は嬉しさのあまり、まだ目があいていないヒナのピコを、自分の部屋につれていって、ベッドの上にそっと乗せて観察するようにながめていた。いくらながめていても飽きない。触ってなでたりしてみたかったけれど、何だか壊れてしまいそうで……。私は思いついたように、左の手のひらを折り曲げて、シーツの上にかまくらの様にして、ピコのくちばしの先にそっと置いた。するとピコは、体をゆっくりと揺らしながら、時々小さくピー、ピー、と鳴いて私の手の中に入って来る。私はびっくりして、

「え、ピコちゃん、どうしたの？　もしかして温ったかいから入ってきたの？」

と思った。私は嬉しくなって、もう少し離れた所に手を同じ様に置いた。ピコは同じ様に私の手の中に入ってくる。また、もう少し手を離して置いてみた。ピコは必死に手に向かって歩いて手の中に入ってきた。私の手の中で、ピコの鼓動がトクトクと小さく脈打つのが感じられた。あまり続けると、ピコが疲れてしまうかもしれない。私はそう思い、それをやめると、ピコは少し大きな声でピー、ピー、と鳴いていた……。

その日から、ピコは我が家のアイドルになった。私は、少し苦手だった早起きも苦ではなくなった。朝、目が覚めると、まずピコの様子を見に行った。家族みんなでピコの世話をした。ピコはそれにこたえるように、ヒナ用のごはんをたくさん食べて、みるみる育っていった。水色に白、そして所々に黒い模様がある男の子のピコ。ピコ

は立派に大きくなり、時にはやんちゃな我が家のピコに育った。

ピコはとにかく飛ぶことが大好きで、寝る時はかごの中に入れていたが、ある日の朝、ピコの所に行くとピコの姿が見あたらない。リビングを捜すと、ピコは北側の窓の隣にある小さなサイドボードの上に、何事も無かったようにいた。一体どうやってかごから出たのだろうと、かごの中を見ると、二つある扉の右側の所に少し羽根が不自然に落ちている。まさか……。

「え、ピコ、自分で出たの？」

どうやらそう考える他になかった。私は昨晩、確かに扉が閉まっているのを確認したし、あたりまえだが、ピコに扉を開けて出たか聞いても仕方がない。

「凄いな、ピコ。そんなに外に出たかったんだ……。でもこれからどうしよう」

私がそう思っていると、隣にいたお母さんが、

「今晩、家族みんなで話し合いましょう」

と言った。

その日の晩、夕食を食べ終えると、お母さん、お父さん、私、そして弟の音也の四人で、家族会議を開いた。議題はもちろんピコの事。私は、扉を開けたままにして、ピコが好きな時に出たり入ったりできるようにする事を提案した。お母さんと弟も賛

成してくれたが、お父さんは、

「基本的には賛成だけど、よく考えてみて。当然だけどピコは生きている。生きていればフンをするよね。今までも思っていたんだけど、これ以上ピコを家の中で自由にさせたら、今まで以上にピコのフンは増える事になる。そのフンはどうするの？」

話し合いが中断した。私は考えた末にこう答えた。

「私が掃除する。今までよりももっと。ピコがいる所はだいたい決まっていてわかっているし」

「床のフンは？　ピコは飛ぶんだよ」

「床の雑巾がけもする。約束するから、お父さんお願い。だって、もしピコが扉に挟まれてケガでもしたら……」

お父さんはしばらく考えて、

「よし、わかった。忘れるなよ。お父さんもできるかぎりやるから、みんなでやっていこう。いいね」

話し合いが終わり、私がサイドボードの上にいるピコの所に行くとピコは、プクプクにふくれて眠っていた。私が、

「ピコ、良かったね」

と言うと、ピコは、ピヨピヨと小さな声で寝言をいうように眠り続けていた。
その日から、ピコのかごの右側の扉をクリップでとめて開っぱなしにすることにした。ピコにも気にいった場所がある。リビングの北側のサイドボードの上が一番多くて、その次が、リビングの南西にある大きな本棚の上、三番目が東の隅にあるテレビの脇の壁に固定してある、置物などを置く棚の隅、その他にもいくつかあるけれど、その三ケ所にごはんと水を小さな器に入れて置いた。そして夜は、常夜灯を明るくしてつけておく事にした。

ピコのエピソードは数えきれないぐらいある。

エピソード1

ピコは、ピコと名前を呼ぶと、私や家族の所に来てくれる。手を出していれば手に、肩にもとまる。夜遅くなどにピコを肩に乗せてテレビを見ていると、ピコは眠ってしまう事がよくある。時には頭を体のうしろ、背中の上に乗せて本格的に眠ってしまう。しばらく様子を見ていても一向に目を覚ます事がない時は、さすがに困ってしまう。眠らせておきたいのはやまやまだが、さすがに数十分もすると私も疲れてきたり、眠くなったりするので、そんな時は仕方がなく起こさざるをえない。ピコたのむよ。

エピソード2

お父さんの肩の上にいる時は、よくお父さんのメガネのフレームをくちばしでくわえて、上下に激しく動かす。そんな時、お父さんは苦笑いをうかべてやらせてあげるのだが、時々、あまりにも激しいと、指をピコの足元にもってゆき、ピコを指に移らせる。ピコはお父さんといえどもおかまいなしだ。

エピソード3

誰かが台所で洗いものをしていると、ピコは時々飛んで来て、肩に乗って、チョチョッと手元までおりてきて、蛇口から出ている水を嬉しそうに浴び始める。かなりビチョビチョになるまで浴びるものだから、羽根は濡れて、体が一回りも二回りも小さくなってしまう。

ある夏の日、網でガードしてある扇風機の所に、そうなふうに濡れたピコを連れてゆくと、

「ピー、ピー、ピー」

と、嬉しそうに目を細めて風にあたる。
ピコは水浴びが大好きだ。その後の、扇風機の風にあたるのも大好きだ。

エピソード4

夏に、私がこおりを口に含んで、カラコロとこおりの音をさせながらピコのそばに顔を近づけると口元に寄って来て、口の中の水を飲もうとする。ピコはこおりとこおりの音が好きだ。

エピソード5

私がお風呂から出てきて、洗った髪をバスタオルでふいていると、ピコが肩の上に飛んで来たので髪をふくのをやめた。ピコは私の耳元まで寄ってきて、耳の中にくちばしを入れて、耳の中の水を飲み始めた。
ピコ、すごくくすぐったいんだけれど。

エピソード6

ある日、家に遊びに来たお母さんの弟、おじさんがリビングのソファーに座って、お茶を飲みながら私達と話をしているとサイドボードの上からピコがスーと飛んできて、おじさんの頭の上に着地して髪の毛を突っつき始めた。ピコ、おじさんとても驚いていたよ。

エピソード7

ある日の朝、私が電子レンジで昨晩の夕食で残ったコロッケを温めて、レンジから出してテーブルに置こうと歩いていると、ピコが飛んできて、コロッケをわしづかみにしようとした。私がとっさに、コロッケがのった皿を動かしたものだから、コロッケが床に落ちてしまった。ピコ、どれだけ食いしん坊なの。コロッケはピコより大きかったんだぞ。私、さすがに少し怒ってたんだから。

ピコのエピソードは数えたらきりがないほどある。

八月に入ったばかりの夏休みの日だった。

私は中学校二年生になっていた。

私は中学校に入学すると、バスケットボール部に入部して、その日はバスケットボールの練習が午後からあった。練習を終えて家に帰ると、家には誰もいなかった。

「ピコ、おいで」

リビングに行って、いつものサイドボードの上にいるピコに声をかけると、ピコは私の肩に飛んできた。ピコと少しばかり遊んだあと、ピコをサイドボードの上にもどして、私は自分の部屋に行った。

その日、私はなんだかとても疲れていた。部活のせいというのもあったのだろうが、ベッドに横になると、いつのまにか眠っていた。時間にして、一時間もたっていなかったと思う。私が目を覚ますと、部屋の中はとても静かで、夏の太陽の光が、カーテン越しに部屋の中に射し込んでいた。

それにしてもいやに静かだ……。私は部屋を出てリビングに行った。やけに静かだ……。サイドボードの上に目を向けた。ピコの姿がない。

「ピコ」

ピコを呼んだが反応がない。物置きのうえ、本棚のうえ、ピコの姿はない。いやな予感がした。

「ピコ、ピコ！」

いくら呼んでもピコは飛んできてくれない。私は、家中を駆けずり回りピコを捜した。すると、風呂場の小窓が少し開いているのに気付いた。

「まさか」

窓だけではなく、網戸も開いていた。

「まさか、うそ……」

私はもう一度、家中を、ピコと叫びながら捜したけどやはりピコはいない。

「うそ、うそ、うそ、うそでしょ……」

私は混乱した頭を整理しようとしたが、整理できたのか、できなかったのかわからなかった。私は外に飛び出していた。

外はやたら明るかった。私は大声で、

「ピコ、ピコ、ピコ」

と、ピコの名前を呼びながら、そして叫びながら、家の近くから徐々に範囲を広げてピコを捜した。どれくらい時間がたったのかわからない。大声をだしていたからなのか、それとも前からいたのか、小学生の男の子達がいつの間にか何人か、私の周りに集まっていた。そのうちの一人の男の子が私に、

「お姉ちゃんどうしたの？」

と聞いてきたので、

「うちで飼っているインコが逃げたみたいなの」

私がそう答えると、
と言ってくれた。男の子達は、

「僕達も捜してあげる」

「俺あっち捜す。お前あっちな」

と、ピコを捜しに走ってくれた。

私が走り疲れて立ち止まり、肩で息をしていると、家の車庫に、お母さんが運転する車が帰ってくるのが見えた。私は走ってお母さんの所に行き、車から降りてきたお母さんに言った。

「ピコが逃げた。ピコが逃げたみたいなの」

「え……」

お母さんの表情が怖ばった。

「本当なの」

「今、捜しているところ、お母さんも一緒に捜して」

私がそう言った時だった。男の子の一人が私の所に走ってきて言った。

「お姉ちゃん、あっちにインコいた。インコいたよ」

「え」

「あっち」

そう言って走る男の子を私は追いかけた。家から少し離れた角を曲がった二軒めの家の庭の木を男の子は指差した。

「ほらあそこ」

ピコはいた。道路のそばの木の枝に。

「ピコ」

ピコは今まで見たことがない、不安そうな姿で枝にとまっていた。私は自分に言い聞かせた。

「落ちつけ、落ちつけ」

呼吸を整えながら、無理やりに笑顔をつくり、

「ピコ、ピコ。ピーちゃん。大丈夫だよ。おいで、私よ。おいで……」

ピコは心なしか震えているように見えた。

「ピーちゃん、ピコおいで、大丈夫だよ。おうちに帰ろう」

ピコは、私を見てはいるが飛んできてくれない。私は右手を伸ばして、人差し指を止まり木のようにした。ピコは私をじっと見つめている。

「ピコ、ピコ、ピーちゃん、ごめんね。帰ろう。帰ろうよ……」

すると、その時、ピコはキョロキョロと辺りを見回して飛びたった。真っすぐ、私の肩の上に。

「ピコ」

私の体は一瞬震えた。私は、お母さんがすぐそばにいる事に気づき、

「お母さん、車をここまでもって来て、早く」

私は、車の中にピコを肩に乗せたまま乗ろうと思ったのだ。家までは距離があるし、家に着く途中でピコが飛んでしまったら……。そう思ったのだ。お母さんは走って車庫に行き、車に乗って私のすぐそばまで来てくれた。その間私は、小さな声でピコに話しかけていた。車から降りてきたお母さんに向かって私は言った。

「お母さん、後ろのドアを開けて、静かに、静かにだからね」

お母さんが車のドアを開けてくれ、私は一つ深呼吸をすると、ゆっくりとしゃがんで車の中に入ろうとした。

その時だった。私がもう少しでピコと車の中に乗れそうな時、ピコは私の肩から飛びたった。勢いよく、空に……。私はピコが飛んだ方を見た。ピコは南の空の方、太陽に向かうかのように飛んでゆく、ピコの姿がシルエットになって、太陽に吸い込まれるように小さくなっていく。

私は追いかけた。とにかく追いかけて、ピコがいそうなところを必死で捜した。捜して捜して捜しまくった。しかし、ピコの姿をみつける事はどうしてもできなかった。気がつくと、男の子達の姿もなくなっていた。考えたくない事ばかり頭に浮かんでは消え、浮かんでは消えていった。

「ダメだ……。ダメなのか」

私は力なく家へと歩きだした。

家の玄関に着くと、お母さんと隣に住んでいるおじさんが話をしていた。私がお辞儀をして、家の中に入ろうとした時、おじさんが私に向かってこう言った。

「車じゃなくて、肩に乗せたまま家に入ったら良かったのに」

私はそのまま自分の部屋に入ると、勉強机の前の椅子に座り、両手で顔を覆った。顔の汗が両手を冷たく濡らすのがわかった。しばらく何も考える事などできなかった。太陽は西に傾き、夕方の色に空を染めていた。私はゆっくりと立ち上がり、部屋じゅうのカーテンを全部閉めて、また椅子に座った。部屋の中はとても静かだ。やがて徐々に、カーテン越しに空が暗くなってゆく、暗くなり、暗くなって……。そして、雨粒が屋根に落ちる音が聞こえ始めた。その音は、だんだんと強く激しくなってゆき、雨が、強く雨が降り始めた。私は耳をふさいだ。両手で強く、耳をふさいだ。そして、目をつぶった。とにかく何も考えたくなかった。何も感じたくなかった。

少し時がたつと、目を閉じていても、周りが急に明るくなった事に気がついた。目をあけると部屋の中が明るい。そっと立ち、カーテンを開けると、さっきまでの雨がうその様に晴れていた。見ると小さな虹が空にかかっていた。

「なんのにじ？」

再びカーテンを閉めて、椅子に座ると、机の上の時計が目にはいった。時計の秒針はあたりまえのように時を刻み続ける。私はその置時計を手に取り、後ろの壁に叩きつけそうになったが、寸前でやめ、置時計から乾電池を取り出すと机の上に置いた。

その後の記憶というものを、私はあまり覚えていない。その夏、部活に行く事ができなかった事と、ほとんど家から出なかった事、それに、残っていた夏休みの読書感想文で、指定図書になっていた、世界の偉人の伝記やなんかの本がどうしても読む事ができなくて、小学校五年生の時に読んだ、有島武郎の「一房の葡萄」の感想文を書いて提出したら、後日、国語の先生に職員室に呼ばれて、なぜこの本の感想文を提出したのか理由を聞かれ、何も答える事ができなかった事はなぜかよく覚えている。

夏休みが終わると、部活のバスケットボールにとにかく熱心にとりくんだ。そのおかげか三年生の最後の大会で、市で優勝して、県大会に出場する事ができた。部活動が終わって、高校受験の勉強も今では信じられないぐらい集中してとりくんだ。こんなに運動や勉強に救われた事はなかった。高校は第一志望の高校に合格する事ができた。

高校を卒業した私は、地元の大学へ進学しキャンパスライフを過ごしていた。

ある初夏の日の夕方、私が大学から帰宅すると、お母さん一人が家にいて、台所で夕食の仕度をしていた。

私がお母さんに、

「ただいま」

と言うと、お母さんが話し始めた。

「涼子、ついさっきまで浅野さんがうちにいたんだけど、本棚に涼子がピコを肩に乗せている写真があるじゃない。それを見た浅野さんがね、えー、川口さんインコ、飼ってた事あるのって言うの。それでね、浅野さんちでもインコ飼ってた事があるんだって、それがね、五、六年ぐらい前になるんだけど、夏の日の夕方、洗濯物を家に入れようと庭に出たら物干しの前の木の枝にインコがとまっていたって言うの。それでね、うちのだんながうちにいたから呼んだのよ。だんなが近づいても全然逃げないの、指を出したら指に乗ってきて、そのまま家に入ってね。あらー、何だかすごく人になれてるじゃないって話してそのままうちでそのインコちゃんを飼ったのよ。ピコって名前つけて。でも、この写真のインコちゃんとなんだかあまりにも似てるって言うの。お母さんびっくりしちゃって。え、実はね、このインコもピコっていうんだけど、何、五、六年前の夏、えー、うそ、本当に、うちのピコ、確か五、六年前だったと思うけど……」

「ちょっと待ってお母さん、本当なのその話」

「本当よ。だからお母さん、浅野さんに、うちのピコがね……」

「お母さん、待って、それでそのピコはどうなったの」

「浅野さんちで亡くなるまで飼ってたんだって、警察にも届けたけど……」

「わかった。お母さん、もうわかった」

私は、そう言うと自分の部屋に行った。荷物を置き、机の前の椅子に座った。浅野さんは、最近お母さんがあるきっかけで親しくなったご近所さんで、時々、食事なんかも夕方に届けてくれたりする、とても明るく、やさしい親切な人だ。私の家から南の方に二十メートル程の所に住んでいて……。五、六年前の夏の日の夕方、南の方角、姿もすごく似ている……。

ピコは……、いた。ピコちゃんはいてくれた。生きていてくれた。浅野さんちで。

私は、机の引き出しを開けると、乾電地を取り出して、机の上のピコの写真の横にある置時計に電池を入れた。

秒針が動きだした。

鏡に映った青空

カガミに映った青空を見て
ヤサシクシテクダサイ
スグニココカラキエマスカラ
カガミに映った青空を見て
その青さを初めて確認認識する
あなたはどんな空を飛んでみたい
曇り空がいい
曇り空に覗く青の空に
くぐもった音の遥か向こうの
青は青で
目に見える青は本当の青ではなくて
鏡に映った青い空の青こそが
それこそが本当の青であって

だって僕は空を飛べないし
空をけして愛してはいないのだから
ただバックミラーに映った
青い空だけを信じているんだ

一秒後の世界

一秒に生きる事は出来ないが
五分間眠る事は出来る
一秒に住みつく事は出来ないが
一秒で逆転する事は出来る
一秒前に戻る事は出来ないが
一秒後には一文字書く事が出来る
一秒後には一歩前へ進む事が出来る

ヘリコプターになったピーちゃん

うちにいるセキセイインコのピーちゃんは、うちの中を自由に飛びまわっている。そして、いつでもどこでも何度でもうんちをする。そんなピーちゃんを僕はうらやましいと思う。というのも、僕は学校で給食を食べたあとに、時々うんちをしたくなるのだけれど、誰かにうんちをしているのがばれると何を言われるかわからない。だからそんな時、僕は学校の二階にある職員室のすぐ近くにあるトイレで、誰もいないのをたしかめてうんちをする。もし、誰かに個室に入っているところをみつかっても、もしかしたら先生が入っているかもしれないと思ってくれて、見逃してくれるのでそこでうんちをするんだ。でも、何度かピンチになった事があった。僕がうんちをしている時、何人かの生徒が入って来て、

「おい、誰かうんちしてるぞ」

「ドア、ガンガンたたくか」

「でもさ、もしかしたら先生かもしれないよ」

「そうか、そうだな。もし先生だったら俺達怒られるぞ。行こうぜ……」

そんな時はすごくドキドキする。僕は、みんながトイレから出ていってから、そっと個室から出る。その時もいつもドキドキする。出て誰もいないと、何事もなかったようにトイレから出る。

ピーちゃんはいいな。僕も小さくなれればいいのに。学校の四階から屋上に行く階段をのぼったところにあるおどり場には、ほとんど誰も行かないので、そこでピーちゃんよりももっと小さくなってうんちをすれば、誰にもばれずにうんちをする事ができるのにな、そしてまたもとの大きさにもどったら何も苦労しないのに……。学校のすぐとなりにある野球のグラウンドにトイレがあって、家から持ってきているティッシュをポケットに入れて、そこでうんちをする事も時々ある。そんな時も、いつもピーちゃんの事を思い出す。学校に行きたくない時も時々あるけれど、もちろんピーちゃんは学校に行かなくてもいい。ごはんも好きな時、好きなだけ食べる。夕ごはんの前なんか、僕がおなかがすいていても、僕はお母さんに、

「夕ごはんが食べられなくなるからがまんしなさい」

と、いつも言われる。僕が苦手なピーマンなんかを残そうとすると、お母さんに、

「ピーちゃんはいっぱい食べているんだから、音也も見習って残さないで全部食べなさい」

と言われる。なんだかずるいと思う。

僕は学校に行くのが仕事だけど、ピーちゃんの仕事はとにかくいっぱいごはんを食べる事。そしていっぱいねる事。それでもおちびでいる事。おちびをする事がピーちゃんの仕事だ。

僕は最近気がついた。ピーちゃんがあれだけいっぱいごはんを食べて、いっぱいねてもおちびをしているのは、実は強くいるためなんじゃないかと。と言うのも、僕がつっつかれて、すごく痛い時があるけれど、ピーちゃんも気げんが悪い時もあるだろうからしかたがない。そんな時、僕はピーちゃんにしかえしをぜったいしたりしない。そんな事をしたら、ピーちゃんがコテンとたおれてしまうかもしれないから。そんなの僕はいやだ。それはピーちゃんがおちびだからだし、そう考えると、ピーちゃんがおちびをしているのはとってもかしこい事だと思う。おちびでいる事が実は強い事なんだと、ピーちゃんといてわかった事だ。

僕がお母さんにおこられたりした時、少し時間がたってから、お母さんにピーちゃんの事を話すと、気げんが悪かったお母さんの気げんが直るから、僕はいつもそうする。僕もそういう意味では、ピーちゃんを利用していてずるいのかもしれない。

ある日突然、ピーちゃんがごはんを食べなくなった。見た感じは元気そうなのに、ごはんを食べない。そしてねてばかりいる。前みたいに飛ぶ事もしなくなった。

お母さんとお父さんが、ピーちゃんの事で話をしている。お母さんが僕に言った。

「音也も気づいていると思うけど、ピーちゃん元気がないの。お父さんとこれから動物病院に行って来るから留守番お願いね」

お母さんとお父さんがピーちゃんを連れて家を出て行った。家の中が急に静かになって、とてもさびしく感じた。

二時間近くたった時、みんながうちに帰って来た。ピーちゃんは行く前よりも元気がないように見える。お母さんが僕に言った。

「ピーちゃん、おなかの調子が悪いかもしれないんだって。お薬もらってきたから様子をみて下さいって。そうしましょ、音也も協力してね」

「わかった」

ピーちゃんのごはんの中と水の中に薬を入れて、様子をみる事にした。ピーちゃんは安心したのか眠ってしまった。

それから、ピーちゃんは少しずつだけど、ごはんを食べてくれるようになった。それとともに元気もでてきた。安心し始めたそんな時だった。ある日の朝、僕が目をましてリビングに行くと、お母さんが僕にこう言った。

「音也、おどろかないでね。ピーちゃん、足が動かなくなっちゃったみたいなの」

「え」

ピーちゃんの所に行って足を見てみた。最初は気がつかなかった。でも、よく見てみると今までとちがう。両足が体の後ろにおりたたむように固まっていた。ピーちゃんの近くに手を持っていくと、ピーちゃんは僕の指を強くつついた。触られたくないみたいだ。

「お母さん、また病院に行って来るから」

お母さんが僕に言った。

「ピーちゃん、どうなっちゃうの？」

「わからないけど、大丈夫よ。とにかく病院に行って来るからね」

しばらくして、お母さんがピーちゃんを連れて帰って来た。

「どうだったの？」

「うん、原因はわからないって。とにかく様子をみましょう」

それから、深さが三センチメートルぐらいのダンボールに、柔らかい紙製のマットをしいて、その中にごはんをたくさん入れて、水も小さな器に何個所か置いて、その中にピーちゃんを入れてあげていたのだけれど、だんだんと、前の様にごはんを食べてくれるようになった。

足を動かせないから、体をゆらしながら、ダンボールの中を動いてごはんを食べるピーちゃん。僕はうちにいる時は、ピーちゃんがいるリビングにできるだけいるようにして、様子をみるようにした。そろそろ水を飲みたいだろうなと思ったら、器に入った水をくちばしの近くに持っていく、するとピーちゃんは水を飲んでくれて、

「ピー、ピー」

と、元気よく返事をしてくれる。そんな時はとてもうれしかった。

しばらくたってもピーちゃんの足はなおる事はなかった。僕はピーちゃんの足が動かなくても、今みたいにいてくれるだけでいいと思った。今みたいでいいからいてく

れるだけで。

ある日曜日のお昼すぎの事だった。僕がリビングでテレビを見ていると、ガサッ、ゴソッといつもとはちがう音が、ダンボールの方から聞えてきたので見てみると、ピーちゃんがくちばしでダンボールのふちをつまんで顔を外にのぞかせている。僕は立ち上がって、ゆっくりと静かにダンボールに近づいた。すると、ピーちゃんはつばさをバタバタと動かした。

「ピーちゃんがつばさを動かした！」

あれから初めて見る姿だ。ピーちゃんは外に出たいのかもしれない。でも、どうすればよいのかわからない。その時だった。ピーちゃんは体を上下に動かすと、力強く両方のつばさを動かして、ダンボールの中から飛び出した。飛び方は前よりもスムーズではなかったけれど、ピーちゃんは少し飛んで、おきにいりの電話の横までいくとストンと少し落ちるような感じで着地した。僕が、大丈夫か心配になってすぐそばまで行くと、ピーちゃんは、

「ピー、ピー、ピー」

と、大きな声でさえずった。リビングには僕一人だったので、僕は急いでうちにい

たお母さんとお父さんを呼びに行った。

「ピーちゃんが飛んだ。ピーちゃんが飛んだよ！」

お母さんとお父さんがリビングに来ると、

「ピーちゃんね、くちばしでダンボールをくわえて、はばたいてここまで飛んで来た！」

「本当に？　ピーちゃん……。すごいね。やったじゃないピーちゃん。すごいすごい」

と、お母さんが言うと、お父さんが、

「もしかすると足もよくなるかもしれないね」

と言った。


でも、ピーちゃんの足がそれからも動く事はなかった。ただピーちゃんは、その日から飛ぶようになった。じょじょに飛ぶ事もうまくなってゆき、飛び方も力強くなって、飛ぶきょりも飛ぶ時間も長くなって、夜にお父さんが仕事から帰って来ると玄関まで飛んで行って、お父さんのワイシャツのえりをくちばしでくわえて肩に乗った。お父さんが、ピーちゃんの体をつつんでリビングまでくる。そんな日も毎晩のようになった。僕も、ピーちゃんがダンボールの上まで飛んで来て、なかなかうまく着地できない時なんかは、ピーちゃんの体を手でやさしくつつんで持って、ダンボールの中までつれていってあげた。するとピーちゃんは、まるでありがとうと言っているみたいに大きな声で、

「ピー、ピー」

と言ってくれて、ごはんを食べて水を飲んだ。

ピーちゃんが飛ぶようになって、心配になる事が一つあった。ピーちゃんのおなかの毛が抜けて、ピンク色の地肌がみえるようになったからだ。その姿はとても痛そうに見えた。ピーちゃんは、体をうまいぐあいに動かして、移動したり飛んだりする。そのたびにこすれて、毛が抜けてしまったのだろう。でも、しばらくすると、お母さんがある変化に気がついた。

「ピーちゃんのおなかね、地肌がうすかったけど、最近ひふがあつくなって丈夫になってきたみたいよ」

お母さんがそう言うので、僕もピーちゃんのおなかを見て、触ってみたら、たしかに前よりもひふがあつくて丈夫になっていた。その姿を見ていたお父さんが言った。

「音也、いいか。ピーちゃんの事を忘れないように見ておくんだよ。これからもピーちゃんの事をよくみていてあげなさい」

「うん、わかった」


ある土曜日のお昼、僕はクラスメートの女の子の誕生日会に呼ばれて、同じクラスの男の子とその子の家にプレゼントを持って行った。その子は、クラスの中でもかわいくて、明るく活発で、友達も多い勉強もできる人気者だった。

家につくと、友達がたくさん集まっていて、数多くのプレゼントがリビングいっぱいに置いてあった。オムライスとハンバーグ、サラダをお昼ごはんにみんなで食べた。その子のお母さんとお父さんもいて、とても楽しい時間を過ごした。ごはんをみんなが食べおわり、ケーキと紅茶やジュースをみんなが食べおわって、少したった時だった。ある子がその女の子に向かって言った。

「あれ、たしか犬かってたよね。今日いないけどどうしたの?」

するとその子が言った。

「ああ、あの子? もういないの。ごめんね、きたない話で、だって、あの子ったらどこでもうんちもおしっこもしちゃうし、やたらほえるし、ソファーなんかもかじっちゃうし、全然いうことをきかないんだもん。私が呼んでもこないし、思ってたよりなんだかかわいくなくって……。もううちにはいないの。また他の子を飼おうと思ってるんだ……」

うちに着いた僕は、ピーちゃんのところにまっさきに行った。ピーちゃんは、ダンボールの中でごはんを食べていた。僕は、ピーちゃんに向かって、心の中でこうつぶやいた。

「僕はピーちゃんをずっと守るからね」

生きがい

よどんだ空気の中
あらゆる液体は
動くことなく腐り始め
死を待つばかり
誰も空気を動かせやしないのに
誰一人として
少しも空気を動かせる者など
いやしないのに
風の中の真実を待つというのだろうか
突然吹き始めた
思った以上に強い風に吹き飛ばされて
そこには前と同じ
死という真実が

横たわって待っているのに
誰のせいにもできずに
今度は風がやむのを待つのが生きがいになる

僕の小さな世界

僕の世界が小さくなって
どんどんともっともっと
消すことができなくなるくらい
小さくなってしまったなら
そこからまた
大きくしようなんて……
小さいならいつだって
ポケットの中で暖まって
間違えて自動販売機の中
一本のジュースとひきかえに
いつかはあなたのもとに行く事夢見て
真っ暗闇の中
僕の世界がだんだんと

消え去ることができなくなるくらい
捨て去ることができなくなるくらい
小さくなってどこかをさまよって

サンタさんの赤いくつ下

ある年の十二月二十四日、クリスマスイブの日の事です。

この日はサンタさんにとって、一年で一番忙しくとても大切な日です。なぜなら世界中の子供達に、クリスマスプレゼントを届けに行かなくてはならない日だからです。

サンタさんは、トナカイ達がひく大きなソリの後ろにたくさんのプレゼントを乗せて雲の上を飛んでいました。

しばらくすると、サンタさんは急に寒さを感じました。ブルブルと大きな体が震えます。

「毎年の事じゃが、この辺りに来ると急に冷えてくるのう。おそらく、雲の下では雪が降っておるのじゃろ。でも大丈夫。そのためにちゃんと準備はしておるぞ」

サンタさんは、用意していた赤いマフラーを首に巻き、両手につけていた手袋を外すと、右足にはいていた大きなブーツを脱いで、はいていたくつ下のうえからこれもまた赤いくつ下をかさねてはいて、ブーツをはき直しました。そして、左足のブーツを脱いで、右足と同じ様に赤いくつ下をはこうとしたその時です。サンタさんははきそこねて、くつ下を空の下に落としてしまったのです。

「これはやってしまった。わしももう年かのう」

サンタさんは、トナカイ達に指示をだしてソリを止めると、しばらくの間ソリから身を乗りだして、くつ下を落とした所をじっとながめました。

「大丈夫、どうやら人間や動物達にはあたってなさそうだし、建物などにもあたってないみたいじゃ」

サンタさんは、予備に用意しておいたくつ下を取り出すと慎重にはいて、ブーツをはき直すと手袋を両手につけて、トナカイ達に指示を出し、ソリを走らせて空の彼方へと飛んで行きました。


その日の夕方です。まだ太陽が沈む少し前の事でした。小学生の愛ちゃんは、通っている学校から自分の家に向かって歩いていました。空からは雪が降っていて、道路には少し雪が積もっていました。学校は冬休みでしたが、愛ちゃんはクラスでただ一人、生きもの当番をしていて、その日は朝から雪が降っていたので、学校の校庭の片隅の小屋で飼っているウサギ達の事が気になって、様子を見に行った帰り道でした。ウサギ達はみんな元気で、愛ちゃんが小屋に近づくと飛びはねて愛ちゃんの所に来てくれたのでほっとしていました。傘をさして転ばないように歩いていると、少し先に何やら赤い物が落ちているではありませんか。少しだけ急いで歩き赤い物が落ちている所まで行くと、それは大きなくつ下でした。くつ下は、人などにふまれたのでしょう、たくさんの泥がついていました。愛ちゃんはくつ下を拾うと、

「何て大きなくつ下なの……。しかも片方だけ。汚れているけれど、落とした人はきっと困っているはず」

愛ちゃんはそう思い、くつ下を家に持って帰る事にしました。

愛ちゃんが、住んでいるアパートの二階に着いてかぎを開けて家に入ると、誰もいません。家の中に入るとまずお風呂場に行き、持ってきたくつ下を置くと、泥で汚れた手を洗い、電気をつけてストーブのスイッチをいれました。テーブルの上には、ラップに包まれた皿の上に、刻んだキャベツがそえられたいつもより多いとり肉のからあげが置いてあり、その横には、ラップに包まれたイチゴのショートケーキがありました。そしてそのとなりに、手紙がありました。

「愛ちゃんへ

今日はクリスマスイブなのに、そばにいられなくてごめんね。お父さんは今晩も仕事です。いつもさびしい思いをさせてしまって、申し訳なく思っています。

今日は、愛が好きなからあげを作っておきました。それから、ケーキも用意しておいたので食べてくださいね。

お父さんは今日も遅くなるので先に寝ていてください。

お父さんより」

愛ちゃんは、手紙を読み終わるとテレビをつけました。テレビでは夕方のニュースをやっていて、愛ちゃんと同い年ぐらいの男の子が、お父さんとお母さんといっしょに、デパートでおもちゃを買ってもらっている姿が映りました。愛ちゃんは、しばらくその様子をながめるとテレビのスイッチを切って、少しの間、何も映っていないテレビ画面をながめていました。テーブルの上に目をやり、お風呂場へ行くと、さっき拾ってきたくつ下を見ながら思いました。

「洗たくは昨日したばかりだし、くつ下一つを洗たく機で洗うのはもったいないな。よし、手で洗っちゃおう」

愛ちゃんはまず、ぬるめのお湯を蛇口から出し、くつ下についている泥を両手でやさしくもむように洗い流して、それから、脱衣所の洗たく機が置いてある横のたなにある洗剤を持ってきて、くつ下に少量かけて、また両手で汚れが全部おちるまで洗うと、ていねいにすすぎ、よくしぼると、タオルで手をふいて、居間の窓ぎわにかけてある洗たくバサミにくつ下をはさみました。

時計に目をやると、夕ごはんを食べる時間になっていました。あまりお腹はすいていませんでしたが、お父さんが作ってくれたごはんはいつも残さずに食べる事にしていたので、少しのごはんと、電子レンジで温めたからあげを全部食べ終えると、ケーキを味わって食べました。久しぶりに食べるケーキは、とても甘くておいしく感じられました。

「よし！」

愛ちゃんは、お皿やお茶わんを素早く洗い終えるとお風呂場へ行きお風呂に入る準備をして、その間に、自分の布団とお父さんの布団を並べてしいて、お風呂に入り、入り終わると冬休みの宿題をして、テレビを見ました。しばらくテレビを見ていましたが、時計に目をやると電気を消して布団に入り眠りにつきました。

次の日の朝クリスマスの朝です。その日は昨日とちがいとても天気がよく、朝日がカーテンごしに、愛ちゃんの家の中にもさし込んでいます。

愛ちゃんは目を覚ましました。横に目をやると、お父さんが背中を向けて眠っています。ふと窓の方に目を向けると、愛ちゃんとお父さんの布団の間の枕元に、昨日道で拾ってきたくつ下が、まるで風船のようにふくらんで置いてあったのです。そして、その横には封筒もありました。

「え！」

愛ちゃんは目をうたがいました。

「夢でも見ているの」

そう思ったのです。でもそれは夢ではありませんでした。ゆっくりと封筒に手を伸ばし、手に取ると、中には手紙が入っていました。愛ちゃんはゆっくりと手紙を開きました。

「愛ちゃんへ。

愛ちゃん、愛ちゃんはまだ小いさいのにとてもがんばっていますね。

仕事でいそがしいお父さんのぶんもお手伝いやお世話など、一所懸命にやっていて、とてもえらいです。

さみしい時も多いと思いますが、文句を言ったり、お父さんを困らせたりしていないのをいつも空の上から見ていますよ。

勉強もがんばっていますね。ただ算数が少し苦手みたいですね。算数も少しずつでよいのでがんばってください。がんばっている愛ちゃんに、クリスマスプレゼントを置いておくので受けとってください。

サンタクロースより」

愛ちゃんは、手紙をそっと置くと大きくふくらんだくつ下をひきずって手元に持ってくると、中に入っているものを取り出してみました。すると、中からチョコレートやクッキー、ビスケットにキャンディーやら、山ほどのお菓子が出てきて、一番奥にお菓子とはちがう何かが入っています。出してみると、それは赤い手袋でした。前からずっと欲しかった手袋、しかも愛ちゃんが欲しかった赤い手袋です。手につけてみるとぴったりです。

愛ちゃんはいてもたってもいられず、お父さんを起こしました。

「どうした、愛、おはよう」

「お父さん、これ見て……」

「え、どうしたんだ、これ？」

愛ちゃんは、手紙をお父さんに渡しました。お父さんは、手紙を読み終えると、

「愛、良かったな。本当に良かった、サンタさんからだって、サンタさんからだぞ、

愛」

お父さんはまるで自分の事のようによろこんでいます。そんな姿を見て、愛ちゃんはますますうれしくなりました。

「手袋、あったかいか？」

「すごくあったかい、それに、私が欲しかった赤なの」

「そうか、そうか、欲しかった赤か……。ところでこのくつ下はどうしたの？」

愛ちゃんは、昨日くつ下を拾った事を話しました。

「そうか、それでどうするんだ、このくつ下」

「あとで交番に届けてくる」

「え、交番に？」

「だって、落とした人きっと困っていると思うの」

「そうか、そうだな」

二人は朝食を食べ終えると、愛ちゃんがお父さんに言いました。

「じゃあ、私、交番に行って来るね」

と言って、両手にサンタさんからもらった手袋をつけて、紙袋に入れたくつ下を

持って、

「お父さんも気をつけて仕事行ってね」

「本当に一人で大丈夫か？」

「交番すぐそこだし、この手袋もあるし、大丈夫」

「わかった、じゃ、気をつけて行って来るんだぞ」

愛ちゃんが家を出ると、外はとても天気がよく、日が照っていましたが、風が吹くととても寒く感じます。愛ちゃんは、手袋を太陽にかざしてみました。赤い手袋がまるで赤く光っているように見えます。

やがて交番につくと、すぐに若い男性のお巡りさんが一人、奥から出て来ました。

「どうしたの？」

愛ちゃんは、昨日、くつ下を拾った事、そして洗って今日、交番に届けに来た事を話しました。本当は、今朝のできごともお巡りさんに聞いてもらうつもりでしたが、交番に入るのが初めてでしたし、お巡りさんと話すのも初めてだったので、いざ制服姿のお巡りさんを前にすると話す事ができませんでした。落とし物の手続きが終わるとそのお巡りさんが、

「愛ちゃんか、えらいぞ、今、何年生？」

「小学校四年生です」

「そうか、学校は楽しい？」

愛ちゃんは言葉につまりました。

「おうちはどこですか？」

「すぐそこです」

「帰り、家まで送って行きますよ」

「大丈夫です。すぐそばだし……」

「ちょっと待ってて」

お巡りさんは壁にかけてある黒いコートを着ると、

「じゃ、一緒に行こうか。朝早くからごくろうさまでした。とてもえらかったです。

メリークリスマス」

二人は、交番を出て、愛ちゃんの家に向かって歩きだしました。

旅人は涙を流す

旅人はそれだけで風だった、香りだった
旅人は異国の地の風の匂いと
物語を運んで来てくれる
初めて見る形をしたコイン
写真に写った見た事もない景色
伸びた髪とひげが
その物語を一層深い味わいにしてくれる
旅人は定住する者にとって風の様なものだ
すぐにその地を去って行く
旅人は嗅いだ事がない香りの様なものだ
なぜかなつかしい匂いを放つ帽子を頭からはずし軽くおじぎをする
そして温かいスープで体を暖め
その話し言葉でもって人々を魅了する

何の変化も無い日常に降ってわいた
温かなひょうの様な
そんな心躍る出来事
隣の町では一体何が起きているの
旅人は疲れていた
人々が見守る中
たき火の隅でコートを被り
しこたま飲んだ酒で顔を赤らめ眠ってしまった
旅人はやがて旅立つ
この地を離れまた違う所へ

さあ逃げるんだ

さあ逃げるんだ
追っ手がいなくても
さあ逃げるんだ
時間はありあまるほど
あるように思えるじゃないか
さあ逃げるんだ
夜の終らせ方を教えてもらいに
さあ逃げるんだ
明日の僕の顔をみつけに
さあ逃げるんだ
言葉が言葉じゃなくなるところへ
さあ逃げるんだ
僕が追いつけない場所へ

僕は逃げきってみせる
全てがまた色あせてみえる
僕は逃げきってみせる
週末の午後の家族集まる部屋に響く
列車の通過する音から
僕は逃げきってみせる
命あるものからはっせられる
さまざまな意味から
僕は逃げきってみせる
僕自身から
僕を殺しに僕がやってきたら
僕が叩くドアを僕は開けるのだろうか

うつの花

周りが何も見えない程真っ暗なのか
僕の目が見えないのか
今となっては定かではないが
僕には何も見えない
全てが黒くしか見えない
なぜ全てが黒くしか見えないのか
この世界は全て黒なのか
なぜ白ではなく黒なのか
光は一体どこにあるのか
そんな問題ではないのだろうか
とにかく僕には何も見えない
ただ感じるのは目の前の冷たい壁だけ
ならば打ち破ろう叩き割ろう蹴り砕こう

そうすれば何か一つははっきりするだろう
僕の目は見えるか
光を感じるのか
砕き割った壁の向こうに光はあったが
そこにはうつの花々が咲き乱れていた
咲き乱れるうつの花々の先に
うつの滝があった
僕はうつの水に打たれ
うつの水を水面に打つ滝つぼに立つ
やがて大量のうつの水がうつ
うつの滝の渦に巻かれて
うつの水の中で溺れる

約束

約束のない場所で
約束もないままに
僕は待っている
約束をした人も居ないのに
僕は待っている
そこは駅を出てすぐに目に付く
オーロラビジョンの下
僕の他にも多くの人々が
誰かを待っている
隣に居た若い女性に
遠くから若い男が走り寄り
二人は笑顔でいくつかの会話を交わした後
どこかへと去って行った

僕がここへ来て
どれくらいの時間が経ったのだろう
やがて雨が降って来た
傘を持っていなかった僕は雨に濡れ
コートについた水滴を手で払い
髪の毛が見る見る濡れていくのを感じつつ
僕は待っている
夜も深まり
気が付くと終電もなくなってしまっていた
僕の周りに居た待ち人達は
いつの間にか誰も居なく
今ここに居るのは僕一人
やがて雨は雪へと変わっていた
僕は夜空を眺め
とめどなく降り注ぐ雪を見上げた
僕の目の前を足早に行きかう人々

そんな中
僕は奇跡が起こるのを
ただじっと
かじかんだ指を動かし待ち続けた
僕はただ奇跡を待ち続けていた
氷でできた十字架を右手に持ち
それが全部溶けるまで
僕はただじっと奇跡が起こるのを
待ち続けていた

あとがき

レコードやCD、それらには、例えばバラードや失恋の歌、希望の歌、やさしい歌、悲しい歌、激しい歌、等々、様々な色あいの曲が収録されています。

私がこの本で意識したのは、そういった一つ一つの曲にも通じる、バラエティーに富みながらも、何か根底にある統一感です。

それでいて、一つ一つの作品を読み終えた時の読後感（余韻）を楽しんでいただければと思い書きました。

一つ一つの作品の余韻が、一冊読み終えた時に、何らかの一つの世界になっていてくだされば幸いです。

最後に、この本のタイトルと短篇小説のタイトルでもある「遠い海へ旅に出た私の恋人」についてですが、日本のバンド、「ジャックス」の1ｓｔアルバム「ジャックスの世界」の収録曲のタイトルからつけた事をお知らせしておきます。元々、小説自体はあったのですが、この曲のタイトルが、この小説そして本の作品世界にぴったりだと思い、今回つけさせていただきました。

著者プロフィール
後藤 雄高（ごとう ゆたか）
宮城県在住

遠い海へ旅に出た私の恋人

2025年1月15日　初版第1刷発行

著　者　後藤 雄高
発行者　瓜谷 綱延
発行所　株式会社文芸社
〒160-0022　東京都新宿区新宿1－10－1
電話　03-5369-3060（代表）
03-5369-2299（販売）

印刷所　株式会社暁印刷

ISBN978-4-286-26104-1